LES

FLEURS

PAR

CHARLES-CLAUDE AMY

SAINT-AMAND

1874

LES FLEURS

IMPRIMERIE EM. PIVOTEAU

LES

FLEURS

PAR

CHARLES-CLAUDE AMY

SAINT-AMAND

—

1874

—

AUX FLEURS

Charmantes fleurs, de tout ce qui respire,
Vous attirez et l'hommage et les vœux;
Tout vous adore et connaît votre empire;
Que deviendraient les désirs amoureux
Si vos parfums n'excitaient leur délire ?
Quand la beauté pour parer ses cheveux,
Emprunte à Flore une simple couronne,
Du doux éclat que le printemps vous donne,
Vous y brillez, et captivez les yeux.
Riche d'appás, on t'y voit, belle rose,
Soit que Vénus t'ait prêté sa fraîcheur,
Ou que, gardant ton aimable pâleur,
Tu t'y présente, encor à peine éclose,
Offrant toujours l'emblême séducteur
De la beauté qu'embellit la pudeur.

A tes côtés, l'hyacinthe odorante,
Et l'anémone, et l'iris éclatante,
Se disputant l'honneur de nous charmer,
De leurs trésors se montrent libérales.
Qui peut nombrer vos formes virginales,
Divines fleurs, qu'on ne peut trop aimer ?
On vous chanta dès le berceau du monde ;
Naguère encore sur ses légers pipeaux,
Delille, aidé de sa muse féconde,
Vous adressa des éloges nouveaux :
Qu'ajouterais-je à ce concert si doux ;
Pour le former, Phœbus prêta sa lyre,
Flore y sourit, Zéphyr en fut jaloux,
Je l'entendis, et mon cœur en soupire !
Ah ! revenez embellir nos printemps,
De nos beautés ceindre le front timide,
Venez, l'Amour ennemi des autans,
Détournera leur haleine perfide ;
Et moi, guidé par le désir de plaire,
Dans nos bosquets, j'irai dès le matin
Vous moissonner, d'une légère main,
Puis, vous plaçant au sein de ma bergère,
Lui demander un baiser pour salaire.

LES FLEURS

NARCISSE

Air : *Jeunes beautés au regard tendre*
(De Michel Cervantes).

Sensible écho, ta voix plaintive
Nous redemande ton amant;
Eh quoi! son ombre fugitive,
Cause-t-elle encor ton tourment.
Narcisse, dans sa folle ivresse
Méprisa tes soins et tes vœux;
Mais s'il dédaigna la tendresse,
Il en fut puni par les dieux.

Brûlant pour lui d'amour extrême,
Il ne connut pas le bonheur;
Sans cesse il se cherchait lui-même;
Tu gémissais de son erreur!
Pour éteindre sa flamme ardente,
Il se plonge en vain dans les flots!
Et la mort, à son gré trop lente,
Vint enfin terminer ses maux!

2

Sensible écho, ton infidèle,
D'une fleur emprunta les traits ;
Quand le printemps se renouvelle,
Narcisse embellit nos bosquets ;
Penché sur le flot qui murmure,
Au bas d'un aride rocher ;
Dans le cristal d'une onde pure,
Il semble encore se chercher.

LE LIS ET LA ROSE

CONTE

A l'instant où l'aurore
Ouvre les portes d'Orient,
Près d'un lis éclatant,
Une rose venait d'éclore,
La nouvelle en courut dans l'empire de Flore,
Déjà désertant leurs rameaux,
Le zéphyr et l'abeille,
Le papillon et mille autres rivaux,
Pour admirer cette merveille,
Abandonnaient bocages et coteaux.
Ils bourdonnaient, cherchaient sous les berceaux,
Quand l'aimable Glicère,
Chassa leur troupe importune et légère;
Eloignons ces amants suborneurs,
S'écriait la bergère,
Et défendons la plus belle des fleurs.

— Eh quoi! ce serait la plus belle?
Lui répondit la jeune Adèle;
Le lis l'emporte bien sur elle!

Aussi c'est moi, ma sœur,

Qui défendrai l'honneur

De sa tige virginale ;

Vois donc quelle pompe il étale,

L'or et le diamant

Semblent orner son front brillant.

— Comment ! on ose

Comparer le lis à la rose,

Répliqua Glycère à son tour ;

Quel outrage à l'amour !

Sans doute Adèle ne sait pas

Que les bergers, les rois, enfin toute la terre

Vantent la rose et ses appas,

Et qu'elle est reine du parterre.

— Reine, je veux bien y souscrire ;

Mais dans le même empire

Le lis est roi,

Et je tiens, moi,

Qu'il a mille beautés qu'on ne saurait décrire.

Pour couronner le fier guerrier,

A côté du laurier

Il est placé par la Victoire...

— Eh ! que m'importe cette gloire ?

La rose embellit les cheveux
Des amants et des dieux;
Elle est de la beauté la charmante parure;
Vénus enfin en orne sa ceinture.

—Mais...... en ce moment
Le jeune dieu de l'Empirée,
Pour terminer ce différent,
De la route azurée
Descendait gravement :
Sachez, dit-il, couple charmant,
Que l'une et l'autre fleur
Me prêta sa couleur;
Chaque jour à Cythère
J'en embellis le front de la pudeur,
Vous leur devez le don de plaire...
Cessez donc à l'instant,
Cessez une vaine querelle;
Si la rose est plus belle,
Le lis est plus brillant.

VÉNUS CARESSE L'AMOUR

ROMANCE

Air : *Du partage de la richesse*
(De FANCHON).

Mortels, vous que l'amour engage
A suivre sa perfide loi,
Défiez-vous de son langage,
En ses discours n'ayez pas foi ;
S'il repose auprès de sa mère,
C'est pour vous faire nouveau tour ;
Graignez, craignez douleur amère,
Quand Vénus caresse l'Amour.

Cruelle et trompeuse déesse,
Pour prolonger notre tourment,
Tu sais encor doubler l'adresse
De ton capricieux enfant.
Riche des leçons de sa mère,
Il va bientôt quitter la cour ;
Craignez, mortels, douleur amère,
Vénus a caressé l'Amour.

Agitant son aile légère,
Déjà le petit dieu malin

S'apprête à venir sur la terre
Vous percer d'un trait inhumain.
Jeune beauté, regard sévère,
Doit l'avertir de son retour;
Tremble, ou bientôt douleur amère
Te ferait connaître l'Amour.

LA VIOLETTE

ROMANCE

Air : *Dans ma cabane obscure.*

Sous la mousse discrète,
Au fond de nos bosquets,
L'aimable violette
Veut cacher ses attraits;
Le parfum qu'elle exhale
Avertit le zéphir,
Et la fleur virginale
Bientôt s'ouvre au plaisir.

Du voile du mystère
Empruntant le secours,
Comme elle, ma Glicère,
Voudrait fuir les amours,
Si sa bouche charmante
Est rebelle à mes vœux,
L'ardeur qui la tourmente
Se peint dans ses beaux yeux.

CLYTIE

Air : *La douce clarté de l'aurore*
(De Lodoiska).

La jeune et sensible Clytie,
Pour éviter les feux du jour,
Promenait sa mélancolie
Dans les bocages d'alentour;
Solitaire et silencieuse
Elle s'avançait à pas lents,
Quand d'une lyre harmonieuse
Elle entendit les doux accents.

Apollon dans ce lieu sauvage
Trompant l'exil et les ennuis,
Contait aux nymphes du rivage
Et ses chagrins et ses soucis;
Mais voyant notre pastourelle,
Son luth exprima ses désirs;
Ivre d'amour, la jouvencelle,
Lui répondit par ses soupirs.

Leurs mains bientôt se rencontrèrent,
Vénus entendit leurs serments,

Les nymphes, dit-on, soupirèrent...
La nuit sépara les amants;
Craintive, innocente et timide,
Clytie en abordant sa sœur,
Ne put cacher à la perfide
Le secret de son jeune cœur.

De la flamme qui la dévore,
Leucothoé sentant les feux,
Dans le bocage, avant l'aurore,
Suivit l'écho mélodieux;
A son approche qui l'enchante,
Apollon suspend ses accords,
Il croit embrasser son amante,
Et se livre aux plus doux transports.

Mais, ô douleur! Clytie arrive...
Elle voit... quel spectacle affreux!...
Hélas! son âme fugitive
Touche au rivage ténébreux.
Apollon en vain la rappelle,
Elle n'entend plus ses soupirs;
Déjà sous sa forme nouvelle,
Elle est le jouet des zéphirs.

Lorsque sur sa tige orgueilleuse
Le tournesol lève son front,

Dans sa carrière radieuse
Il suit le dieu de l'Hélicon,
Sur son amant, quoiqu'infidèle,
Clytie a sans cesse les yeux;
Fière de sa gloire immortelle,
Elle s'embrase de ses feux.

LE SABOT DE MA BERGÈRE

CHANSON

Air : C'est à mon maître en l'art de plaire.

Lise, parfois, dans le bocage,
Reste jusqu'à la fin du jour.
Caché sous un épais feuillage,
Un soir j'épiais son retour.
Plein de son image chérie,
L'oreille au guet, j'entends bientôt
Sur le sentier de la prairie
Le bruit de son petit sabot.

Elle avançait d'un pas rapide,
Plus leste que le papillon;
Au bas d'une pente perfide,
Son pied glissa sur le gazon.
La chaussure de la pauvrette
Avait tourné sans doute à faux...
Beautés qui courez sur l'herbette,
Défiez-vous de vos sabots.

Au premier cri de mon amante,
Je volai pour la secourir.

Déjà sur ma bouche brûlante,
La sienne exhalait un soupir.
Colin, relève ton amie,
Dit-elle, et j'essaie aussitôt;
Mais, hélas! quelle étourderie,
Je cassai son petit sabot.

Nous regagnâmes le village
L'un et l'autre, bien tristement;
Lise dérobait son visage,
Et cheminait péniblement.
Tremblante, en abordant sa mère,
Elle poussait plus d'un sanglot,
Pourtant, elle sut bien lui taire.
L'accident du petit sabot.

ADONIS ET VÉNUS
OU L'ANÉMONE

Air : *Quand l'Amour naquit à Cythère.*

Au fond des bosquets de Cythère,
Loin des regards du dieu du jour,
Vénus, pensive et solitaire,
Rêvait aux charmes de l'amour.
Tout cède à son heureuse ivresse,
Se disait-elle, en soupirant;
Tout aime et veut de la tendresse
Savourer le rapide instant.

O mon fils ! poursuit ta victoire,
Amour, règne sur tous les cœurs;
Pour mettre le comble à ta gloire,
J'implore aussi tes traits vainqueurs.
Frappe, je te livre mon être,
Redouble tes divins efforts;
Frappe, je veux enfin connaître
Des amants les brûlants transports.

Mais, quel est ce chasseur timide
Au front d'ivoire, aux blonds cheveux;

4

Si ce n'est pas le dieu de Gnide,
Il embrase des mêmes feux;
C'est lui, c'est le fils de Cynire;
Il voit Vénus, c'en est assez;
Vénus partage son délire,
Un même trait les a blessés.

Tendres amants, que le mystère
Dérobe aux yeux votre bonheur;
Un dieu cruel et sanguinaire
Va faire éclater sa fureur;
Il t'accuse, aimable déesse,
D'avoir trahi son doux espoir;
Suspends tes transports d'allégresse,
Redoute son affreux pouvoir.

Nymphes, déités de Cythère;
Et vous, faunes aux pieds légers,
Gardez une tête si chère,
Epargnez lui tous les dangers;
Adonis! trop fatal présage!
Dans son sang il vient de tomber,
Semblable à la fleur que l'orage
Décolore et fait succomber.

Mais soudain, l'empire de Flore
S'enrichit d'un trésor nouveau,

Et l'anémone vient d'éclore
Auprès du funeste tombeau;
Zéphir accourt et se repose
Au sein de la divine fleur;
Vénus la préfère à la rose,
Et l'anémone est sur son cœur.

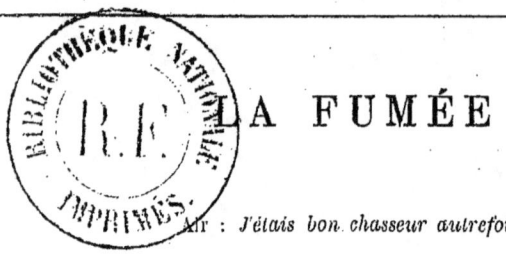

LA FUMÉE

Air : J'étais bon chasseur autrefois.

Vos quolibets et vos bons mots
Eveillent ma muse indiscrète;
Il faut qu'à vos joyeux propos
Je joigne aussi ma chansonnette...
Par les vapeurs du jus divin
Déjà ma tête est animée;
Aussi, messieurs, dans mon refrain,
Vous trouverez de la fumée.

Les poètes et les savants,
Les rois, le philosophe austère,
Les princes, et les conquérants
Poursuivent la même chimère :
Oui, tous les hommes sont jaloux
Des faveurs de la renommée...
Moi, je ris de voir tant de fous
Courir après de la fumée.

L'alchimiste dans son réduit,
Avec une ardeur sans égale,

Cherche loin du monde et du bruit
Sa chimère philosophale.
En soins, en veilles, en travaux,
Sa vie entière est consumée;
Qu'obtient-il avec ses fourneaux,
Des cendres et de la fumée.

De la gloire, le combattant
Cherche sans cesse la fumée;
Mais de l'ennemi vainement
Contre nous la ligue est formée :
Dès qu'à nos bataillons épais
Il ose opposer une armée,
Sondain du côté des Français
Le vent dirige la fumée.]

On dit que la flamme à torrents
Coule dans les royaumes sombres,
Et que dans des brasiers ardents
On voit plonger toutes les ombres.
Si jamais je vais en ce lieu,
Ma main d'une chaudière armée
Versera tant d'eau, que le feu
S'étouffera par la fumée.

Amis, j'ai tourné ces couplets,
Comme vous voyez, sans malice;

S'ils vous paraissent trop mauvais,
Ordonnez-en le sacrifice.
Hélas! je vois votre courroux;
Oui, ma chanson est condamnée,
Je la mets au feu devant vous,
Pour faire encore de la fumée.

DAPHNÉ

Air : *Avec vous sous le même toit* (De FANCHON).

Belle Daphné, suspends tes pas,
Écoute l'amant qui t'adore ;
Ingrate ! eh quoi ! ne sais-tu pas
Que je suis le dieu d'Epidaure ;
Reviens plutôt, reviens vers moi
Pour y couler toute ta vie ;
Dans l'univers, il n'est que toi
Digne d'être ma douce amie.

Ainsi parlait le dieu du jour,
Poursuivant la jeune bergère ;
Mais Daphné, rebelle à l'amour,
Fermait l'oreille à sa prière.
Pour échapper au séducteur,
Elle fuyait d'un pas rapide,
En implorant un dieu vengeur
De la vertu faible et timide.

Soudain, de cet objet charmant,
Les lis, les roses s'effacèrent ;

Les dieux, touchés de son tourment,
En jeune laurier la changèrent.
Ses yeux sont fermés pour jamais ;
Sa bouche à l'amour est ravie !...
Belle Daphné, repose en paix,
Fleur de beauté n'est pas flétrie.

LES CARESSES

ROMANCE

Air : *Des Caresses.*

Prélude de la volupté,
Rien n'est si doux qu'une caresse,
Elle désarme la beauté,
Elle réjouit la vieillesse;
Sous le chaume et sous les lambris
La fille caresse son père,
La mère caresse son fils,
L'amant caresse sa bergère.

Portés sur l'aile du désir,
Et mouillés des pleurs de l'aurore,
Le papillon et le zéphir,
Dans nos bosquets caressent Flore.
Moins légère que ses rivaux,
Bien plus aimante, et plus fidèle,
L'abeille oubliant ses travaux,
Caresse la rose nouvelle.

Soumis aux douces lois d'amour,
Pressé de l'ardeur qui l'agite,

Nous savons que le dieu du jour,
Sous les flots caresse Amphitrite.
Dans ses chants, galant troubadour,
Au jeune objet de sa tendresse,
Pour prix du plus ardent amour,
Ne demande qu'une caresse.

LA MORT D'HYACINTHE

Air : *Triste raison.*

O jalousie, implacable délire,
Hyacinthe, hélas ! est tombé sous tes traits ;
Toi qui l'aimas, dieu puissant de la lyre,
Daigne inspirer mes douloureux couplets,

Il te souvient, divin berger d'Admète,
De la fureur de Zéphir en courroux ;
En vain ton bras, armé de la houlette,
Voulut parer et suspendre ses coups.

Ton jeune ami, sur l'arène sanglante
Était couvert de pavots, de cyprès ;
Pour consoler son ombre gémissante,
En une fleur tu changeas ses attraits,

Depuis ce temps, sur sa tige légère
Nous admirons l'éclat de ses couleurs ;
Dans nos bosquets, la nymphe printanière,
Chaque matin t'arrose de ses pleurs.

Zéphir, malgré cette métamorphose,
Poursuit encore l'objet de ses désirs;
Hyacinthe fuit, et penché sur la rose,
Au dieu jaloux il montre ses plaisirs.

―――― ✦ ――――

LE RÊVE

CHANSON

Air : Que ne suis-je la fougère.

Dans le songe de la vie
On veut de l'or à monceaux,
En Espagne, autre folie,
On bâtit mille châteaux ;
Si la fortune s'élève,
On agrandit ses projets,
La mort vient, finit le rêve ;
Adieu l'or et les palais.

Nos poètes narcortiques,
Engourdis sous les pavots,
Dans leurs vers mélancoliques
Veulent chanter les héros ;
Mais si l'ouvrage s'achève,
Plaignez les pauvres auteurs ;
Chacun dit que c'est un rêve,
Qui fait dormir le lecteur.

Hier, à son adversaire,
Certain ferrailleur gascon,

Disait : petit téméraire,
Vous n'êtes qu'un fanfaron ;
Cadédis, avec mon glaive,
J'affronterais mille morts,
Hélas ! ce n'était qu'un rêve,
Car il est aux sombres bords.

Un spéculateur habile
En calculant son total,
Pour un, croyait tirer mille,
De son petit capital ;
Mais une faillite enlève
Intérêt et principal...
Que de gens un pareil rêve
A conduits à l'hôpital.

Des humains le premier père
Sommeillait incessamment ;
Ève, qui ne dormait guère,
Jouait avec le serpent.
Lise, ainsi que la bonne Ève,
Réparant le temps perdu,
Tandis que son époux rêve,
Mange le fruit défendu.

BOUTADE PHILOSOPHIQUE

Dans mon jardin, aimé de Flore,
Que Pomone enrichit de ses dons précieux;
Qui pourait défendre ses yeux
Du plaisir de voir éclore
Ces doux trésors dignes présents des dieux!
Pauvres humains, vous qui courez en foule
Embrasser les autels de Mars et de Plutus,
Qui, dédaignant les modestes vertus,
Cherchez un vain bonheur qui vous fuit et s'écoule;
Répondez : jouissez-vous plus,
Que l'homme ami de la simple nature?
Des prés, des champs, et des bocages verts,
D'un clair ruisseau le tranquille murmure;
De mille fleurs l'assemblage divers;
C'est là ce qui séduit son âme toujours pure;
Et vous, qu'un vil appas
Engage à parcourir l'un et l'autre hémisphère,
Ou que la fureur des combats
Précipite au milieu des horreurs de la guerre;
Si vous échappez au trépas,
Vous revenez comblés d'honneurs et de richesses;
Mais n'en jouissez pas;
Vous regrettez l'âge de la jeunesse
Écoulé sans retour,

6

Vos plus beaux jours passés dans la tristesse,
  Et sans amour;
 L'illusion, ce charme de la vie,
Ne prête plus ses brillantes couleurs,
Vous renoncez à vos longues erreurs,
En accusant sa funeste magie,
  Qui seule causa vos malheurs.
Heureux qui vit au sein de sa patrie,
Mais plus heureux qui reste au champ de ses aïeux,
 Tout y sourit à ses modestes vœux;
  Là, sa carrière est embellie;
Et si l'amour y couronne ses feux,
  Quel sort est plus digne d'envie?

LA MUSIQUE

CHANSON

Air : *Quand la mer rouge apparut.*

Si de Panard nous voulons
  Suivre ici les traces,
Que le vin, à gros bouillons
  Emplisse nos tasses;
A ce précepte divin
Vous vous soumettez soudain.
    Déjà le nectar
    Trouble le regard...
      Excités
      Transportés
    Par le jus bachique,
    Chantons la musique.

Avec sa lyre, Amphion,
  Bâtissait des villes,
Nos modernes arions
  Sont bien moins habiles;
Certes, avec leurs concertos,
S'ils élevaient des châteaux

A ces novateurs,
Nos entrepreneurs
Diraient, fi!
Tout ceci
Ne vaut pas la brique,
A bas la musique !

Quand Jupin, de ses concerts,
Régale le monde,
On sait que tout l'univers
L'entend à la ronde ;
Le roulement des carreaux
Fait retentir les échos ;
Mais le villageois,
Qui n'est pas courtois,
Va disant,
En gagnant
Sa maison rustique,
Chienne de musique !

J'avais formé le projet,
Vraiment plein de gloire
D'emporter plus d'un couplet
Sur la rive noire ;
On dit que le vieux nocher
Ne veut rien laisser passer ;
Ainsi mes amis,
Contre les soucis,

Chez Pluton,
Nous n'aurons
Pas même un cantique,
Adieu la musique.

Mais, nous disent d'autres gens,
Après un long somme,
Le bruit de mille instruments
Eveillera l'homme;
La trompette sonnera;
Le genre humain l'entendra,
On se lèvera,
Et chacun dira,
En secouant,
Et quittant
Sa triste tunique,
Vive la musique !

ORIGINE DE LA ROSE ROUGE

Air : *De la création du monde.*

Symbole heureux de la candeur,
Reine des fleurs, charmante rose,
Qui ne brillais que de blancheur,
Que j'aime ta métamorphose ;
Depuis ce temps les doux zéphirs
N'ont jamais connu l'inconstance,
N'as-tu pas doublé leurs plaisirs,
Quand tu doublas ton existence.

Pour ces longs et cruels combats,
Où luttaient le fer et la flamme ;
Vénus, quittant les doux ébats,
Courut au secours de Pergame ;
En la voyant les Grecs jaloux,
L'admiraient et quittaient leurs armes ;
Diomède au milieu de tous,
Osa seul défier ses charmes.

Bientôt, plein d'un amer mépris,
Près de la déesse il avance,
Cherche à l'insulter par des cris,
Et la déchire de sa lance ;

Vénus, en frémissant d'horreur,
Voit son sang couler sur la terre ;
Faible, et cédant à sa douleur,
Elle se retire à Cythère.

Mais, ô prodige ! en s'échappant
Son sang avait teint une rose,
Et c'est, dit-on, de cet instant
Que date la métamorphose.
L'éclat de ses vives couleurs
Ravit les baisers de Zéphir,
Et Vénus, oubliant ses pleurs,
La cultiva dans son empire.

RÉPONSE A DES ADIEUX

Bientôt, noble enfant de Thémis
Fuyant la contrainte et l'étude,
Libre de soins, d'inquiétude,
Tu goûteras, loin de Paris,
Les douceurs de la solitude.

Au lieu du bruit de nos cités,
Du luxe et d'un vain étalage,
La nature simple et sauvage
T'offrira ses mâles beautés,
Dans un agreste paysage.

Dis-moi si ces hautes forêts
Qui se balancent dans la nue;
Si ces vallons, si ces guérets
Ne charment pas autant la vue
Que ces insipides palais
Dont on admire l'étendue.
Compare aussi des tourterelles
Les amoureux roucoulements
Aux faux soupirs de nos cruelles,
Aux soins glacés de leurs amants.
Quand sur le coteau solitaire
Ton œil va voir à l'horizon,

Sur son char brillant de lumière,
Le dieu puissant de l'Hélicon
Ouvrir ou finir sa carrière;
Dis-moi si l'astre qui l'éclaire
Te causas moins d'émotion
Que l'Opéra, que l'Odéon,
Que les tableaux du savant Pierre,
Tant vantés pour l'illusion.

Pourtant, de ces objets trop vivement épris,
Ne va pas dans les champs fixer ta destinée;
Mais dès que l'aquilon jaunira la feuillée,
Hâte-toi de venir embrasser tes amis.

A LA BEAUTÉ

STANCES

Au matin de la vie,
Fleur de beauté brille d'éclat divin;
Le soir arrive, elle est déjà flétrie;
Fleur de beauté ne dure qu'un matin.

Et toi, belle Sylvie,
Toi dont l'éclat, hélas! est passager;
Si d'un amant tu te vois poursuivie,
Ton cœur frémit à ce pressant danger.

Vois la rose nouvelle,
A peine éclose, elle appelle Zéphyr;
Bientôt Zéphyr la couvre de son aile,
Rose sourit en s'ouvrant au plaisir.

Tu fuis, belle Sylvie;
Eh! pourquoi craindre un amoureux larcin;
Il faut aimer au matin de la vie,
Fleur de beauté ne dure qu'un matin.

ESQUISSE DE LA BEAUTÉ

Air : *Fidèle époux, franc militaire.*

Pareille à la rose nouvelle,
Qui s'ouvre aux rayons d'un beau jour,
Tendre et gentille pastourelle
Est le chef-d'œuvre de l'Amour.
Le front de la jeune innocente
Rougit de crainte et de désir;
Sa bouche vermeille et brûlante
Semble respirer le plaisir.

Comme la reine du parterre,
Fillette a mille adorateurs;
Mais plus timide et plus sévère
Elle refuse ses faveurs;
Et lorsqu'une main téméraire
Veut toucher le lis de son sein,
Toujours l'épine meurtrière,
S'oppose à l'amoureux larcin.

LE NAUTONIER

ROMANCE

Air : *J'ai vu partout dans mes voyages.*

La nuit tendait ses voiles sombres,
C'est l'heureux instant des amours ;
Osmin, entouré de ses ombres,
D'un fleuve suivait les détours :
Près d'un nautonier il s'arrête,
Sa voix s'échappe en long soupirs ;
Neris l'attend dans sa retraite,
Avec l'Amour et les plaisirs.

O toi, dont la barque légère
Franchit l'onde au gré de ton bras ;
Loin de la rive passagère
Hâte-toi de guider mes pas.
Que tardes-tu ? Zéphyr s'apprête,
Seconde avec lui mes désirs ;
Néris m'attend dans sa retraite,
Avec l'Amour et les plaisirs.

Aux accents de l'amant fidèle,
Le jeune nautonier sourit ;

Osmin, c'est Neris qui t'appelle,
Tu la vois sous ce vil habit;
Accours dans ma barque discrète,
Viens hâter mes charmants loisirs;
Tu trouveras dans ma retraite
L'hymen, l'Amour et les plaisirs.

LES COULEURS

Air : *Du vaudeville de Jean Monnet.*

Vous qui savez la physique,
Passez-moi quelques erreurs ;
Sans le secours de l'optique
Je vais parler des couleurs.
    Loin d'avoir
    Du savoir
J'accuse mon ignorance,
Mais ayez de l'indulgence,
Ne me voyez point en noir.

Oui, le temps, dans ses ravages,
Ne respecte que les dieux ;
Mais pour voiler ses outrages
Il est un art merveilleux.
    Au miroir
    Il faut voir
Quel usage, en sa toilette,
Fait toute vieille coquette
Du blanc, du rouge et du noir.

Cupidon est un faux frère
Bien redouté des jaloux ;

Il a déclaré la guerre
Au nœud sacré des époux.
        Quand l'hymen
        D'un larcin
A la nouvelle assurée,
Alors ce dieu, pour livrée,
Prend les couleurs du serin.

Emblême de l'espérance
Le vert charme la beauté;
Le bleu nous peint la constance,
Le blanc, la virginité.
        Cette fleur,
        Par malheur,
Est plus rare que la rose,
Et trop souvent pour la chose
On nous donne la couleur.

Jadis notre poésie
Avait des admirateurs;
Mais aujourd'hui le génie
Ne prête plus ses couleurs.
        Vains rimeurs,
        Nos auteurs
Ont perdu toute énergie,
Et de leur muse engourdie
Ils ont les pâles couleurs.

TABLE

www.ingramcontent.com/pod-product-compliance
Lightning Source LLC
Chambersburg PA
CBHW060823180626
46818CB00002B/931